Thiago de Mello
FAZ ESCURO MAS EU CANTO

Para
Pollyanna,
   amada companheira.

Para
Pablo Neruda
   — o meu amigo Paulinho —
   voz cristalina e ardente, que se ergue
   cantando, cada amanhecer, pela libertação
   de nossa América.

Para
Tenório Telles
   e
Armando Menezes,
   companheiros de infância. (*In memoriam*)

e a todos que trabalham,
no amor da Pátria,
pelo reinado humano da claridão
e da justiça.

Ordem do livro

Desde que Thiago llegó a Chile... – *Pablo Neruda* 9

A VIDA VERDADEIRA

A vida verdadeira 15

Os estatutos do homem 19

Canto de companheiro em tempo de cuidados 22

Toada de ternura 26

Canção para os fonemas da alegria 28

Poema de quarto centenário 30

Madrugada camponesa 32

O pão de cada dia 34

Cantiga de claridão 35

A raiz 37

Canto para o pintor Nemesio Antunez 39

39 anos de um cidadão brasileiro 42

A FRUTA ABERTA

A fruta aberta 51

Janela do amor imperfeito 53

Maria das Bandeiras 54

Canção para o cantor Cristobal Pakarati, da ilha de Páscoa ... 56

Invenção para o gravador Roberto de Lamonica 58

A aprendizagem amarga 59

O artesão no sereno 60

Poema concreto 62

Botão de rosa 63

Poema perto do fim 64

Água de remanso 65

Poema pré-operatório 67

O primeiro astronauta 69

Futebol trinta por trinta 71

Memória 73

OS POEMAS NO DISCO

Cantiga quase de roda 77

O açude 80

Os fundamentos 81

Notícia da manhã 82

Obras publicadas 86

Desde que Thiago llegó a Chile...*

Desde que Thiago llegó a Chile se produjeron varias alteraciones territoriales dignas de tomarse en cuenta. El llamado viento *puelche* cambió invisiblemente de rumbo y formó figuras romboidales en la Cordillera. El pulso del país se recobró como si despertara de una letárgica tristeza. Hacia Angostura de Paine se vio sobrevolar una bandada de pájaros amarillos que no eran canarios ni limones y volaban en forma extraña, como nadando en el agua celeste. También se observó en la arena de Isla Negra un precipitado calcáreo a la vez transparente y sonoro. Podemos atribuir estas variaciones a la influencia de Thiago de Mello en nuestras almas. A la vez nuestras almas hacen cambiar el paisaje.

Thiago de Mello es un transformador del alma. De cerca o de lejos, de frente o de perfil, por contacto o transparencia, Thiago ha cambiado nuestras vidas, nos ha dado la seguridad de la alegría. El tiempo y Thiago de Mello trabajan en sentido contrario. El tiempo erosiona y continúa. Thiago de Mello nos aumenta, nos agrega, nos hace florear y luego se va, tiene otros quehaceres. El tiempo se adhiere a nuestra piel para gastarnos. Thiago pasa por nuestras almas para invitarnos a vivir.

En este poeta que nos envió como representante el Rio Amazonas, canta el ancho Rio salvaje y la multitud de sus

---

* Texto lido em homenagem prestada a Thiago de Mello pelos intelectuais, artistas e amigos chilenos por ocasião do afastamento do poeta do seu posto de adido cultural do Brasil no Chile.

pájaros. Queremos los chilenos que siga cantando en nuestra patria.

Si en aquellas regiones florestales del magno Brasil hay también serpientes y gigantescos monos que no quieren a Thiago, allá ellos, les decimos. Nosotros lo queremos y lo conservaremos. Si son tan despilfarradores del talento, nosotros acogemos su deslumbrante talento. Si son tan ingratos con la obra de sus compatriotas excelsos, nosotros le ofrecemos una patria clara como la luz y abierta como la palma de la mano.

Allá ellos con sus gigantescos simios que se han transformado en gobernantes, nosotros nos guardamos a Thiago para que su inteligencia y su alegria sigan resplandeciendo. Chile acogió siempre al pensamiento perseguido. En eso estamos de acuerdo gobernadores y gobernados. El asilo contra la opresión no es sólo un verso, es el laurel de Chile, nuestro común orgullo.

Si este asilo te sirve, Thiago de Mello, aqui estamos tus amigos y hermanos para dártelo, aunque sin pedirnos permiso ya te asiló para siempre el corazón de nuestra bella Anamaria.

Yo voy andando por los mares a esta hora. Lejos pero no separado, distante pero infinitamente cerca.

Cerca de mis compatriotas de siempre y de nuestro nuevo compatriota, el poeta Thiago de Mello.

Pablo Neruda
En el mar, marzo 1965.

*É preciso trabalhar
todos os dias
pela alegria geral.
É preciso aprender
esta lição todos os dias
e sair pelas ruas
cantando e repartindo
a esperança,
a mão cristalina,
a fronte fraternal.*

A VIDA VERDADEIRA

A vida verdadeira

Pois aqui está a minha vida.
Pronta para ser usada.

Vida que não se guarda
nem se esquiva, assustada.
Vida sempre a serviço da vida.
Para servir ao que vale
a pena e o preço do amor.

Ainda que o gesto me doa,
não encolho a mão: avanço
levando um ramo de sol.
Mesmo enrolada de pó,
dentro da noite mais fria,
a vida que vai comigo
é fogo:
está sempre acesa.

Vem da terra dos barrancos
o jeito doce e violento
da minha vida: esse gosto
da água negra transparente.

A vida vai no meu peito,
mas é quem vai me levando:
tição ardente velando,
girassol na escuridão.

Carrego um grito que cresce
Cada vez mais na garganta,
cravando seu travo triste
na verdade do meu canto.

Canto molhado e barrento
de menino do Amazonas
que viu a vida crescer
nos centros da terra firme.
Que sabe a vinda da chuva
pelo estremecer dos verdes
e sabe ler os recados
que chegam na asa do vento.
Mas sabe também o tempo
da febre e o gosto da fome.

Nas águas da minha infância
perdi o medo entre os rebojos.
Por isso avanço cantando.

Estou no centro do rio,
estou no meio da praça.
Piso firme no meu chão,
sei que estou no meu lugar,
como a panela no fogo
e a estrela na escuridão.

O que passou não conta?, indagarão
as bocas desprovidas.

Não deixa de valer nunca.
O que passou ensina
com sua garra e seu mel.

Por isso é que agora vou assim
no meu caminho. Publicamente andando.

Não, não tenho caminho novo.
O que tenho de novo
é o jeito de caminhar.
Aprendi
(o caminho me ensinou)
a caminhar cantando
como convém
a mim
e aos que vão comigo.
Pois já não vou mais sozinho.

Aqui tenho a minha vida:
feita à imagem do menino
que continua varando
os campos gerais
e que reparte o seu canto
como o seu avô
repartia o cacau
e fazia da colheita
uma ilha de bom socorro.

Feita à imagem do menino
mas à semelhança do homem:
com tudo que ele tem de primavera
de valente esperança e rebeldia.

Vida, casa encantada,
onde eu moro e mora em mim,
te quero assim verdadeira
cheirando a manga e jasmim.

Que me sejas deslumbrada
como ternura de moça
rolando sobre o capim.

Vida, toalha limpa,
vida posta na mesa,
vida brasa vigilante
vida pedra e espuma,
alçapão de amapolas,
o sol dentro do mar,
estrume e rosa do amor:
a vida.

Há que merecê-la.

Manaus, 61,
Punta del Este, 62,
Recife, 63,
Santiago do Chile, inverno de 64.

Os estatutos do homem

(Ato Institucional Permanente)

A Carlos Heitor Cony

ARTIGO I   Fica decretado que agora vale a verdade,
que agora vale a vida,
e que, de mãos dadas,
trabalharemos todos pela vida verdadeira.

ARTIGO II   Fica decretado que todos os dias da semana,
inclusive as terças-feiras mais cinzentas,
têm direito a converter-se em manhãs de domingo.

ARTIGO III   Fica decretado que, a partir deste instante,
haverá girassóis em todas as janelas,
que os girassóis terão direito
a abrir-se dentro da sombra;
e que as janelas devem permanecer, o dia inteiro,
abertas para o verde onde cresce a esperança.

ARTIGO IV   Fica decretado que o homem
não precisará nunca mais
duvidar do homem.
Que o homem confiará no homem
como a palmeira confia no vento,
como o vento confia no ar,
como o ar confia no campo azul do céu.

PARÁGRAFO ÚNICO   O homem confiará no homem
como um menino confia em outro menino.

ARTIGO V   Fica decretado que os homens
            estão livres do jugo da mentira.
            Nunca mais será preciso usar
            a couraça do silêncio
            nem a armadura de palavras.
            O homem se sentará à mesa
            com seu olhar limpo
            porque a verdade passará a ser servida
            antes da sobremesa.

ARTIGO VI   Fica estabelecida, durante os séculos da vida,
            a prática sonhada pelo profeta Isaías,
            e o lobo e o cordeiro pastarão juntos
            e a comida de ambos terá o mesmo gosto de aurora.

ARTIGO VII Por decreto irrevogável fica estabelecido
            o reinado permanente da justiça e da claridade,
            e a alegria será uma bandeira generosa
            para sempre desfraldada na alma do povo.

ARTIGO VIII Fica decretado que a maior dor
            sempre foi e será sempre
            não poder dar-se amor a quem se ama
            sabendo que é a água
            que dá à planta o milagre da flor.

ARTIGO IX   Fica permitido que o pão de cada dia
            tenha no homem o sinal de seu suor.
            Mas que sobretudo tenha sempre
            o quente sabor da ternura.

ARTIGO X   Fica permitido a qualquer pessoa,
            a qualquer hora da vida,
            o uso do traje branco.

ARTIGO XI   Fica decretado, por definição,
                 que o homem é um animal que ama
                 e que por isso é belo,
                 muito mais belo que a estrela da manhã.

ARTIGO XII   Decreta-se que nada será obrigado nem proibido.
                 Tudo será permitido,
                 inclusive brincar com os rinocerontes
                 e caminhar pelas tardes
                 com uma imensa begônia na lapela.

PARÁGRAFO   Só uma coisa fica proibida:
ÚNICO   amar sem amor.

ARTIGO XIII   Fica decretado que o dinheiro
                 não poderá nunca mais comprar
                 o sol das manhãs vindouras.
                 Expulso do grande baú do medo,
                 o dinheiro se transformará em uma espada fraternal
                 para defender o direito de cantar
                 e a festa do dia que chegou.

ARTIGO   Fica proibido o uso da palavra liberdade,
FINAL   a qual será suprimida dos dicionários
                 e do pântano enganoso das bocas.
                 A partir deste instante
                 a liberdade será algo vivo e transparente
                 como um fogo ou um rio,
                 e a sua morada será sempre
                 o coração do homem.

Quinta Normal,
Santiago do Chile,
abril de 64.

Canto de companheiro em tempo de cuidados

Para o Paulinho
(o hoje Artur da Távola)
e o Francisco Weffort,
os primeiros a ler este poema

Contigo, companheiro, que chegaste,
desconhecido irmão de minha vida,
reparto esta esmeralda que retive
em meu peito no instante fugitivo
mas infinito em que se acaba a infância,
porque a esmeralda não se acaba nunca.

Reparto, companheiro, porque chegas
a este caminho longo e luminoso
mas que também se faz áspero e duro,
onde as nossas origens se abraçaram
dissolvendo-se em paz as diferenças,
engendradas na vida pela força
feroz com que desune o mundo os homens
que feitos foram para cantar juntos
porque só juntos saberão chegar
para a festa de amor que se prepara.

Porque tudo é chegar, meu companheiro
desconhecido, meu irmão que plantas
o grão no escuro e nasce a claridão.

É chegar e seguir, os dois cantando,
os dois e a multidão num só caminho,
em direção ao sol que nos ensina
a ser mais cristalinos, parecidos
ao menino que fomos e que somos
de novo dentro do homem, desde que o homem
seja capaz de repartir seu canto
e um pedaço de sol bem luminoso
a esse desconhecido ser que chega
sem nada: traz apenas a esperança
de ver o amor de perto. E sem ter canto
no peito machucado, de repente
de coração contigo vai cantando,
e vai na vida, a vida desgraçada,
achando uma fé nova enquanto um gosto
de também repartir lhe sobe na alma:
está no seu caminho e então reencontra
o menino que foi, quando a esmeralda
perdida no seu peito resplandece
de amor geral que se reparte e cresce.

Não sei se canto claro, companheiro.
Em tua vida vive o povo inteiro:
antes jamais te vi, mas te sabia
perto de mim, quando aprendi na dor
da queimadura do noturno mundo,
que se alçava voraz contra a alegria
e entranhas devorava e em fome e febre
enrolava a vergonha das mulheres
e pela mão levava sob a lua,
de enferma claridade, as ambulantes
manchas de riso em cujo fundo a infância
era uma rosa sórdida já murcha.

O tempo é de cuidados, companheiro.
É tempo sobretudo de vigília.
O inimigo está solto e se disfarça,
mas como usa botinas, fica fácil
distinguir-lhe o tacão grosso e lustroso,
que pisa as forças claras da verdade,
e esmaga os verdes que dão vida ao chão.
O tempo é de mentira. Não convém
deixar livre o menino da esmeralda.
Melhor é protegê-lo da violência
que amarra a liberdade em pleno voo.
A sombra já desceu, e muitas fauces
famintas se escancaram farejando.
Cuidado, companheiro, esconde a rosa,
espanta a mariposa colorida,
é perigosa essa canção de amor.

Cada um no seu lugar, na sua vez,
não descuidar na espreita do inimigo,
que não dorme jamais e é cheio de olhos.
E derramar a luz, no instante certo,
sobre a garra soturna do seu rosto.
É uma espera que dói, mas o que vale
é ter o coração por cidadela,
acender uma tocha em cada metro
de terra conquistado e trabalhar
melhor, para que o chão floresça mais
e o trigo erga bem alto o seu pendão
para a festa de amor, larga e geral,
onde a fome afinal não vai dançar,
porque não comerão somente eleitos,
porque são todos os que comerão.
É por isso que estamos todos juntos:
a nossa força tem o sortilégio

da seiva torrencial da primavera,
e o nosso amor palpita como os ímpetos
das águas amazônicas profundas.

É cantar, companheiro, e repartir
o que é preciso ser do amor geral.
Ninguém será sozinho nunca mais,
nem só na solidão, nem no poder.

Sempre contigo irei, e é quando canto
que te defendo, e deito em tua lâmpada
um azeite que dura a treva inteira
nesses tempos de cinza em que a vigília,
espada em flama erguida como a rosa,
só poderá cessar quando outra vez,
envergonhada, regressar a aurora,
que vai lavar de luz o chão amado,
e seremos de novo e simplesmente
meninos repartindo as esmeraldas.

Madrugada do inverno chileno,
La Chascona, 64.

Toada de ternura

Para Leonardo, um menino meu amigo

Meu companheiro menino,
perante o azul do teu dia,
trago sagradas primícias
de um reino que vai se erguer
de claridão e alegria.

É um reino que estava perto,
de repente ficou longe;
não faz mal, vamos andando,
porque lá é nosso lugar.

Vamos remando, Leonardo,
porque é preciso chegar.
Teu remo ferindo a noite,
vai construindo a manhã.
Na proa do teu navio,
chegaremos pelo mar.

Talvez cheguemos por terra,
na poeira do caminhão,
um doce rastro varando
as fomes da escuridão.
Não faz mal se vais dormindo,
porque teu sono é canção.

Vamos andando, Leonardo.
Tu vais de estrela na mão,
tu vais levando o pendão,

tu vais plantando ternuras
na madrugada do chão.

Meu companheiro menino,
neste reino serás homem,
um homem como o teu pai.
Mas leva contigo a infância,
como uma rosa de flama
ardendo no coração:
porque é da infância, Leonardo,
que o mundo tem precisão.

*Santiago do Chile,
novembro de 64.*

Canção para os fonemas da alegria

A Paulo Freire

Peço licença para algumas coisas.
Primeiramente para desfraldar
este canto de amor publicamente.

Sucede que só sei dizer amor
quando reparto o ramo azul de estrelas
que em meu peito floresce de menino.

Peço licença para soletrar,
no alfabeto do sol pernambucano
a palavra ti-jo-lo, por exemplo,

e poder ver que dentro dela vivem
paredes, aconchegos e janelas,
e descobrir que todos os fonemas

são mágicos sinais que vão se abrindo
constelação de girassóis girando
em círculos de amor que de repente
estalam como flor no chão da casa.

Às vezes nem há casa: é só o chão.
Mas sobre o chão quem reina agora é um homem
diferente, que acaba de nascer:

porque unindo pedaços de palavras
aos poucos vai unindo argila e orvalho,
tristeza e pão, cambão e beija-flor,

e acaba por unir a própria vida
no seu peito partida e repartida
quando afinal descobre num clarão

que o mundo é seu também, que o seu trabalho
não é a pena que paga por ser homem,
mas um modo de amar – e de ajudar

o mundo a ser melhor.
      Peço licença
para avisar que, ao gosto de Jesus,
este homem renascido é um homem novo:

ele atravessa os campos espalhando
a boa-nova, e chama os companheiros
a pelejar no limpo, fronte a fronte,

contra o bicho de quatrocentos anos,
mas cujo fel espesso não resiste
a quarenta horas de total ternura.

Peço licença para terminar
soletrando a canção de rebeldia
que existe nos fonemas da alegria:

canção de amor geral que eu vi crescer
nos olhos do homem que aprendeu a ler.

Santiago do Chile,
Primavera de 64.

Poema de quarto centenário

Para Astrojildo Pereira

Olho longamente num jornal,
que serve de correio da manhã,
a fotografia do escritor
num cárcere do Rio de Janeiro.
De tanta doçura,
parece a foto de um adolescente.
Recordo que muitas vezes lhe vi
brincar no olhar um alegre passarinho,
um arabesco de amor no azul aberto,
o terno gosto da alegria humana.

Mas já está com 74 anos o escritor,
o escritor preso.
Está preso porque provou
do mundo que lhe coube,
e achou o mundo amargo
e um tanto podre.

Continuo olhando no jornal
a fotografia do grande machadiano
sentado altivo no catre,
o seu perfil sereno
e malferido
na dor da biblioteca devassada,
o olhar cravado límpido na vida
consumida na construção do amor,
esse poder imenso de canção
de amanhecer na boca anoitecida.

Queima demais a brasa desta foto:
brasa de incêndios, frágua da manhã.
É preciso fazer alguma coisa,
varar no escuro um rumo de meninos,
inventar um navio de amapolas,
aprender outra vez a soletrar,
abrir os alicerces do arco-íris,
é preciso fazer alguma coisa
para lavar a vida degradada.

Tudo porém depende de um major.
Porque perante vozes que se ergueram,
os altos fabricantes de justiça,
que decidem de sortes e destinos,
devolveram-lhe todos o direito
de ser dentro da lei um homem livre.

Sucede que o major disse que não.
O major simplesmente diz que não,
e não sucede nada que escalavre
o medo enfurecido, salvo o vento
que lava livre a mágoa da cidade
heroica e leal de São Sebastião
na festa do seu quarto centenário.

Santiago do Chile,
noite de Ano-Novo, 65.

Madrugada camponesa

Para os trabalhadores do MST, em 1999

Madrugada camponesa,
faz escuro ainda no chão,
mas é preciso plantar.
A noite já foi mais noite,
a manhã já vai chegar.

Não vale mais a canção
feita de medo e arremedo
para enganar solidão.
Agora vale a verdade
cantada simples e sempre,
agora vale a alegria
que se constrói dia a dia
feita de canto e de pão.

Breve há de ser (sinto no ar)
tempo de trigo maduro.
Vai ser tempo de ceifar.
Já se levantam prodígios,
chuva azul no milharal,
estala em flor o feijão,
um leite novo minando
no meu longe seringal.

Madrugada da esperança,
já é quase tempo de amor.
Colho um sol que arde no chão,

lavro a luz dentro da cana,
minha alma no seu pendão.

Madrugada camponesa.
Faz escuro (já nem tanto),
vale a pena trabalhar.
Faz escuro mas eu canto
porque a manhã vai chegar.

Amazonas, 62,
Santiago, 63.

O pão de cada dia

Que o pão encontre na boca
o abraço de uma canção
construída no trabalho.
Não a fome fatigada
de um suor que corre em vão.

Que o pão do dia não chegue
sabendo a travo de luta
e a troféu de humilhação.
Que seja a bênção da flor
festivamente colhida
por quem deu ajuda ao chão.

Mais do que flor, seja fruto
que maduro se oferece,
sempre ao alcance da mão.
Da minha e da tua mão.

Valparaíso,
janeiro de 63.

Cantiga de claridão

Camponês, plantas o grão
no escuro – e nasce um clarão.
Quero chamar-te de irmão.

De noite, comendo o pão,
sinto o gosto dessa aurora
que te desponta da mão.

Fazes de sombras um facho
de luz para a multidão.
És um claro companheiro
mas vives na escuridão.
Quero chamar-te de irmão.

E enquanto não chega o dia
em que o chão se abra em reinado
de trabalho e de alegria,
cantando juntos, ergamos
a arma do amor em ação.

A rosa já se faz flama
no gume do coração.

Camponês, plantas o grão
no escuro – e nasce um clarão.
Quero chamar-te de irmão.

Um dia vais ser o dono
do verde do nosso chão:

nunca vi verde tão verde
como o do teu coração.

Recife, 63,
Santiago do Chile,
novembro de 64.

A raiz

A Moacyr Félix

Num campo de silêncio
onde pastam manhãs
estou pelo que sou.

Canção azul de cobre
me chega pelo vento:
em sua dor me deito.

Um espesso lençol
com ternura de pinhos
enrola o coração.

O sangue levanta
no espaço bandeiras
de fogo e limão.

Até a pedra entrega
seus ásperos segredos
ao cristalino dia.

A raiz arranca
com sua garra de amor
a rosa do meu peito.

E reparto o diamante
que a infância me deu.

*Punta del Este, 62,
na casa de Alberto Mantaras,
com Mario Benedetti, irmão.*

Canto para o pintor Nemesio Antunez

Enquanto crescem noites assustadas
debaixo do horizonte sem manhã,
enquanto os grandes amos do universo
consultam pirilampos e pentágonos
e se consternam para decidir
se a vida vale a pena para nós
que não chocamos átomos ferozes
mas cremos na palmeira e na alegria;
enquanto no meu chão natal as crianças
interrogam as árvores e as nuvens
e o velho mundo segue devorando
o seu próprio destino de existir,
– eu te celebro, irmão
                    Nemesio Antunez,
eu te canto, pintor americano.

Eu te celebro e canto na certeza
da grandiosa lição que nos ensinas
com teu poder de descobrir nas coisas
os cantos coloridos que elas guardam
e entregá-los ao povo, disfarçados
em pedra, cordilheira e terremoto,
canais que vêm trazendo a primavera
para que o mundo saiba que a esperança
é uma rosa vermelha que só se abre
no instante em que o homem finca a sua verdade
no próprio coração da sua terra.

Eu te canto, Nemesio, porque canto
este azul que recolhes e repartes
para erguer cada dia uma bandeira
contra a aspereza, a indiferença e a neve,
curtida pelo sal da rebeldia
declarada nos ímpetos das águas
que depois de descer, com suas dores,
pelas montanhas duras adormecem
encolhidas na solidão recôncava
das charcas que refletem nosso amor.

Tanto aprendi contigo, companheiro,
sabes tanto de nossas precisões,
que de repente em cores me devolves
a vida aberta nos espaços calmos
dos verdes matagais de minha infância,
e te vejo comigo percorrendo
as campinas gerais dos Amazonas
e cobrindo de raios estrelados
as enormes toalhas presididas
pelo sol que era a mão de minha mãe.

Essas toalhas de mesa são a aurora
que chega como chega um amigo antigo
que vem de muito longe e que não sabe
que a vida já mudou, que agora vale
a voz da multidão dentro da praça,
que corre o ouro veloz das bicicletas
numa avançada louca desfraldando
a energia de um povo que começa
a construir seu trono sobre pedras.

Te celebro, Nemesio, e te agradeço
em nome dos que sabem soletrar
o alfabeto da vida verdadeira.

Museu de Arte Contemporânea do Chile,
Quinta Normal, verão de 63.

39 anos de um cidadão brasileiro

Pois aqui estou
   cara a cara
   com a vida.

Dia 30 de março,
confiro meus documentos.
Cidadão brasileiro,
legítimo: sei que a lei
mudou, mas não mudou tanto.
Alguma coisa ainda vale
no chão amado da infância,
chão com cheiro de marirana
e flor de cajueiro,
chão por onde hoje campeia,
solta e grossa,
a botina rombuda.

Está na certidão:
natural do Amazonas,
barrancos do Bom Socorro.
(Um dia achei no capinzal
um canudo enferrujado
e fiquei sabendo que meu avô
tinha sido coronel, era um diploma,
eram os tempos da Guarda Nacional,
meu avô nem se lembrava, mas gostava do rei.)

Pois brasileiro, caboclo,
39 anos. Feitos ontem.
É. Mas não chegou ninguém,
remando de canoa. Ninguém veio

pelas águas dos remansos,
– curimatãs, tucumãs –
ninguém chegou lá de longe
varando a noite do vento
para amanhecer na festa
do meu dia do aniversário.

É. São 39 anos.
Casado mais de uma vez,
mas a lei diz que é uma só;
não vou dizer o contrário,
vou vivendo a lei da vida
pela mão da companheira,
que sabe muitas magias,
de ternura faz estrelas,
disfarça flor em canção,
cada dia é mais menina,
como a estrela matutina.

Pois brasileiro casado,
e pai de dois filhos homens.
    O menor ficou tão longe,
    nem sabe o lugar que tem
    no fundo azul do meu peito.
    O outro vem vindo comigo:
    é o bem maior de uma vida
    que se acabou já faz tempo,
    nem parece que passou.
    Com este menino conto,
    todos podemos contar.
    Seu perfil já vai no rumo,
    vai ser brasa de mandar.
    Dói não poder dar mais,
    e amor que sobra dói,
    mas é amor, nunca se estraga.

Folha corrida não há.
A de serviços é pouca,
nem sei se vale. O que vale
é este papel esquecido,
todo comido de tempo,
que só me acende desgostos
e durezas dos meus dias
de serviço militar.
Provo que sou reservista,
dei muito tiro no muro,
desmontei muito fuzil,
decorei o regulamento,
bom mesmo era rastejar
no cheiro fresco da lama.
Fiz meias-voltas, volver,
fiz tudo para entender
a alma daquele tenente:
estava sempre engomado,
limitava-se ao comando,
nunca nenhuma palavra
de gratuita convivência.
Às vezes vinha a cavalo,
solene e só, silencioso
na altura do seu desprezo.
Foi o ser mais solitário,
o mais feroz que eu já vi.

Aqui tenho o documento.
Reservista. De segunda,
como convém, se convém.
Reservista e casado,
brasileiro do Amazonas.

De eleitor, além do título
– que de repente se ameaça

de nenhuma serventia –
guardo a alegria de sempre
ter escolhido sozinho,
mas guardo a pena de nunca
ter dado o amor do meu voto
a um homem do povo e ao povo
num homem: assim como Arraes.

A profissão é a de poeta
ou de empinador de papagaios,
o que vem a dar no mesmo.

Podia dar outros títulos
que me deram para usar
nos meus trabalhos de vida.
Mas cara a cara, defronte
do espelho enxuto, a poesia
mais que ofício é contingência
da minha vida de homem.

Nem por isso tenho muito
para o final deste rol.

Algumas canções de rua,
mas as moças se esqueceram,
umas canções de acalanto,
que uns meninos ainda sabem.
O resto é a literatura:
oito livros publicados,
dos quais, tirante os cantares,
uns de amigo, outros de amor
– tudo o mais são geometrias
perguntando pelo ser.

Pois deixei de perguntar
e o ser vai muito bem,
vai sendo simplesmente
o que é, sem se indagar,
tratando de ser bom,
de ser também um pouco
para os outros que vão
sendo ao lado o que são;
o ser vai trabalhando
para que todos sejam
capazes da alegria
que deve ser geral.

Deixando o ser livre e limpo,
chegaram os cantos que eu amo.
De todos os que mais valem,
são os poemas sobre a rosa
na parede da prisão,
é a canção de rebeldia
dos fonemas da alegria,
é o canto companheiro
levando o meu coração,
é a toada pro menino
que vai levando o pendão.

Por isso estou aqui com a minha vida,
na cordilheira longe do meu povo,
do qual jamais tão perto estive tanto.

Cidadão brasileiro,
natural do Amazonas,
39 anos, casado,
eleitor e reservista,
pai de dois filhos e poeta,
que ficou desempregado.

Nunca no entanto tive tanto trabalho,
trabalho o tempo inteiro e não me canso
porque trabalho cantando
na construção da manhã:
manhã geral de amor que vai chegar.

La Chascona, a casa de Pablo Neruda,
Madrugada de 30 de março de 65.
Santiago do Chile,
31 de março de 65.

A FRUTA ABERTA

A fruta aberta

Para Anamaria

Agora sei quem sou.
Sou pouco, mas sei muito,
porque sei o poder imenso
que morava comigo,
mas adormecido como um peixe grande
no fundo escuro e silencioso do rio
e que hoje é como uma árvore
plantada bem alta no meio da minha vida.

Agora sei as coisas como são.
Sei porque a água escorre meiga
e porque acalanto é o seu ruído
na noite estrelada
que se deita no chão da nova casa.
Agora sei as coisas poderosas
que valem dentro de um homem.

Aprendi contigo, amada.
Aprendi com a tua beleza,
com a macia beleza de tuas mãos,
teus longos dedos de pétalas de prata,
a ternura oceânica do teu olhar,
verde de todas as cores
e sem nenhum horizonte;
com a tua pele fresca e enluarada,
a tua infância permanente,
tua sabedoria fabulária
brilhando distraída no teu rosto.

Grandes coisas simples aprendi contigo,
com o teu parentesco com os mitos mais terrestres,
com as espigas douradas no vento,
com as chuvas de verão
e com as linhas da minha mão.
Contigo aprendi
que o amor reparte
mas sobretudo acrescenta,
e a cada instante mais aprendo
com o teu jeito de andar pela cidade
como se caminhasses de mãos dadas com o ar,
com o teu gosto de erva molhada,
com a luz dos teus dentes,
tuas delicadezas secretas,
a alegria do teu amor maravilhado,
e com a tua voz radiosa
que sai da tua boca
inesperada como um arco-íris
partindo ao meio e unindo os extremos da vida,
e mostrando a verdade
como uma fruta aberta.

Sobrevoando a Cordilheira dos Andes, 62.

Janela do amor imperfeito

Alta esquina no céu, tua janela
surge da sombra e a sombra faz dourada.
Já não me sinto só defronte dela,
me chega doce o fel da madrugada.

Atrás dela te estendes alva e em sonho
me levas desamado sem saber
que mais amor te invento e que te ponho
sobre o corpo um lençol de amanhecer.

Doce é saber que dormes leve e pura,
depois da dura e fatigante lida
que a vida já te deu. Mas é doçura

que sabe a sal no mar azul do peito
onde o amor sofre a pena malferida
de ser tão grande e ser tão imperfeito.

Maria das Bandeiras

Morreste em maio, Maria,
mas eu te canto no verão
porque precisamos de sol,
e tu nos ajudas.
Não te conheci nem jamais
ouvi teu nome,
só sei que amavas recortar bandeiras
com tua mão doce e velha,
no papel colorido dos mercados.
Mas te chamo Maria
e te proclamo Maria das Bandeiras,
para poder te cantar com voz de vento.

Sei que morreste surda,
talvez porque ouviste demais.
Fatigados, teus ouvidos
de ouvir manhãs imensas se extinguindo
inutilmente no peito das crianças,
de ouvir lamentos negros dos mineiros
de tua terra natal e carvoeira,
de ouvir a primavera dolorida
arrebentando nas frutas do mercado,
teus ouvidos cansados preferiram
essa paz fictícia de silêncio.

Sei que morreste surda, mas te canto
uma canção irmã da que ensinaste
desfraldando bandeiras de alegria,
para que ouças agora e sempre a voz
cristalina do largo Bio-Bio

e o cântico dos pêssegos heráldicos
que doura a dor do chão onde nasceste
e espalha o sal do mar pela cidade
no sabor dos mariscos mais vermelhos.

Nunca te conheci, mas me recordo
de tuas mãos abrindo humildemente
com tesoura um caminho para a América.
Maria das Bandeiras disfarçada
de vendedora de laranjas (todos
ainda um pouco também nos disfarçamos)
inventavas em cor e papel pobre
a mesma chama inaugurada em pedra
e argila pelos que chegaram antes
de tua rude e ingênua valentia.

Vim do Amazonas para te encontrar
na praça armada de Concepción
e juntos caminhamos companheiros
do povo em cuja vida continuas
prolongada no vento e na manhã
que começa a subir do nosso chão.

Concepción, Chile, 62.

Canção para o cantor Cristobal Pakarati, da ilha de Páscoa

Para Chalo Figueroa,
no amor dos Moais

Como um pássaro que vem
voando, voando, como um pássaro
que vem há séculos voando,
teu canto rude, Cristobal,
nos chega subitamente,
sabor de mar e de infância,
entre os álamos dourados
da cidade de Santiago,
vindo lá de Páscoa, voando,
sobre o Pacífico voando
e chegando como um barco
em cuja proa navega
a funda melancolia
da solidão polinésica.

Uareva tana varua
uareva uarevará

Trazes na voz o mistério
que escorre pelo silêncio
das gravíssimas estátuas
que imensamente contemplam
com cegos olhos vulcânicos
as nuvens altas do céu.

Cristobal fino e elegante,
o milagre do teu canto
nos chega e bate, violento,
como bate o mar azul
de encontro às rochas de Páscoa.

    Uareva tana varua
    Uareva uarevará

Homem-pássaro marinho,
canto de sol, *manutara*,
a garganta iluminada
numa rosa de alegria.

Ilha de Páscoa, 62.

Invenção para o gravador Roberto de Lamonica

A boca do ácido
comendo a relva do cobre,
mastiga a tua bondade
e morde o teu sonho lúcido.
Da ponta da tua mão
que risca o duro metal
nasce uma rosa humana
rude rosa negra e branca,
rude e meiga
como a verdade,
negra e branca,
doce e negra
rosa de ternura
como a negra anca
de uma nuvem branca.
Ácida rosa metálica
trabalhada pelo amor
que tímido e grave escorre
pela ponta do buril
e vai inventando
com negros e com brancos
faróis de todas as cores
para avisar aos homens
que há rochas de claridade
no mar imenso da vida
      negro e branco.

A aprendizagem amarga

Chega um dia em que o dia se termina
antes que a noite caia inteiramente.
Chega um dia em que a mão, já no caminho,
de repente se esquece do seu gesto.
Chega um dia em que a lenha já não chega
para acender o fogo da lareira.
Chega um dia em que o amor, que era infinito,
de repente se acaba, de repente.

Força é saber amar, perto e distante,
com o encanto de rosa livre na haste,
para que o amor ferido não se acabe
na eternidade amarga de um instante.

O artesão no sereno

Para o Carlos Henrique

Não convém embrulhar
este brinquedo feito
de amor. Pode estragar,
pode mudar de cor,
mudar de rumo, deixem,
que precisa de ar.
E de resto ele foi
feito para meu filho
que é pessoa singela
e sensível, não vai
gostar de ver orvalho
e ternura embrulhados.

Feito para o meu filho,
pode ser para o filho
de qualquer um, por isso
não convém que ele seja
levado em mão ao dono,
que não tem pressa; um dia,
os correios do vento
acharão sua casa.

Este brinquedo pode
e pede levar sol.
Mal sol da manhãzinha.
O da tarde não serve
porque altera os azuis.

Não disse o azul geral.
Sei a que azuis refiro,
sei que azuis usei.
                Brinquedos
são peças mui delicadas
de um modo geral, até os
nobres cavalos qu e pobres
crianças tiram de vassouras.
Quanto mais esses brinquedos
que devem, depois de feitos,
ou para que fiquem feitos,
adormecer muitas noites
no sereno da janela.
Só quem fabrica é quem sabe
(ou então não sabe nunca)
as infinitas maneiras
e desmaneiras do ofício,
a total falta de lei
para compor o mais simples,
se é que todos não são simples,
desses brinquedos de amor,
feitos de tudo, inclusive
de palavras que, ao final
de contas, são o de menos.
Mas não sei de teorias,
minha vida é fabricar
o que não sei, fabricando
o amor no amor por amor
dos brinquedos, meus brinquedos,
ai, meu Deus, vou trabalhar,
que o sereno hoje está bom.

Poema concreto

O que tu tens e queres
saber (porque te dói),
não tem nome. Só tem
(mas vazio) o lugar
que abriu em tua vida
a sua própria falta.

A dor te dói pelo avesso,
perdida nos teus escuros.
É como alguém que come
não o pão, mas a fome.

Sofres de não saber
o que não tens e falta
num lugar que nem sabes,
mas que é na tua vida,
quem sabe é no teu amor.

O que tu tens, não tens.

Botão de rosa

Nos recôncavos da vida
jaz a morte.
    Germinando
no silêncio.
    Floresce
como um girassol no escuro.
De repente vai se abrir.
No meio da vida, a morte
jaz profundamente viva.

Poema perto do fim

A morte é indolor.
O que dói nela é o nada
que a vida faz do amor.
Sopro a flauta encantada
e não dá nenhum som.
Levo uma pena leve
de não ter sido bom.
E no coração, neve.

Água de remanso

Para Sérgio Bath

Cismo o sereno silêncio:
sou: estou humanamente
em paz comigo: ternura.

Paz que dói, de tanta.
Mas orvalho. Em seu bojo
estou e vou, como sou.

Ternura: maneira funda,
cristalina do meu ser.
Água de remanso, mansa
brisa, luz de amanhecer.

Nunca é a mágoa mordendo.
Jamais a turva esquivança,
o apego ao cinzento, ao úmido,
a concha que aquece na alma
uma brasa de malogro.

É ter o gosto da vida,
amar o festivo, e o claro,
é achar doçura nos lances
mais triviais de cada dia.

Pode também ser tristeza:
tranquilo na solidão macia.
Apaziguado comigo,

meu ser me sabe: e me finca
no fulcro vivo da vida.

Sou: estou e canto.

Poema pré-operatório

Docentemente me dizem
que está podre. É preciso
cortar, logo, já está
podre. Cada vez mais.
Falam como se um sol
estivesse crescendo
dentro da minha vida,
ou da minha barriga.

Pois então é preciso,
me dizem gravemente,
cortar o que está podre
como Jesus mandou
no seu sermão profético,
mas nunca ninguém fez.
Depressa, antes que o corpo
inteiro fique podre
e seja um reino aberto
à coroa da morte,
a cujo encontro vou
entre álamos dourados.

Tenho medo quando ouço
a sirena, e de medo
começa a ficar podre
o que jamais pensei
pudesse apodrecer
pois nunca teve corpo.
Mas também apodrece.

Adeus, estou com medo.
Mas não é de morrer.
Talvez nem seja medo.
É pena de deixar
o mundo bom dos homens,
ai, mundo bom, meu Deus,
adeus, já me despeço,
me enganam com sedol,
com morfina me ajudam
a ser um ser sem medo.
A pena já não dói
de tudo se acabar,
vai acabar, adeus,
adeus morena loura
do cabelo cacheado
adeus, luz, avental,
menino rindo longe
um riso aberto em círculos
na sala azul azul,
moça de branco, branca,
uma canção canção
dói muito longe, azul,
estou límpido, longe,
apodrecido, azul.

Santiago do Chile,
maio de 61.

O primeiro astronauta

(Poema extraído do noticiário dos jornais)

Gagarin, o astronauta,
sentado no chão da Terra,
de repente percebe uma vibração,
um ruído abafado, longe,
que vai ficando enorme:
era o seu voo que começava.
Instantes depois, Gagarin, sem saber,
ficou mais veloz do que o som,
e quando ultrapassou
o limite da estratosfera
o seu valente coração
batia terrivelmente
e tinha o rosto banhado de suor.

O astronauta sozinho
na sua nave cósmica
chamada Oriente
flutua vertiginosamente
em sua silenciosa órbita.
Vara-lhe o corpo
uma espécie de sono,
de apreensão, de torpor,
de solidão moral.

Contemplo a Terra, diz o astronauta,
posso ver tudo,
a visibilidade é boa.

Sinto-me perfeito,
vejo espaços cobertos de nuvens,
a máquina funciona,
tudo está andando bem.

Afinal, depois de uma volta completa
ao redor da Terra,
Gagarin começa a descer
entre as detonações de retorno:
É doce o brilho do sol
junto às estrelas enormes.

Mas ao contato com a atmosfera
a nave começa a dar grandes saltos,
o atrito eleva a temperatura
a limites incríveis do lado de fora,
a perda de velocidade é brutal,
o coração de Gagarin parece que vai arrebentar
mas um paraquedas, feito de seda, se abre
e a descida se transforma
num passeio de pássaro entre nuvens.

Quando o astronauta pousa de regresso,
alguém abre a cabina e grita: – Camarada!
Ele então desce, vestido de azul-terrestre
e capacete espacial,
esmaga o seu irmão com um abraço,
e conta que o céu,
que o céu é escuro,
muito escuro,
mas que a Terra é azul,
que nós somos o azul.
E enquanto ele falava,
um repórter do Izvestia
viu que muitas estrelas
brilhavam dentro dos seus olhos.

Futebol trinta por trinta

A Luiz Carlos Barreto

Somos trinta meninos
maduros brincando
de bola: encantamento
puro, o sol nos pés.
Pelejamos em baile
fraternal, porém duro.
Desvairados olímpicos
somos ao suportar
a fortuna ou a desgraça
das artes que inventamos:
o arabesco do corpo,
a vala devassada,
o arremesso recurvo
de enganoso destino,
o tiro desferido
em doce geometria,
a mão que se espadana
desvencida e grotesca
no vértice rasteiro,
a fronte que desvia
um rumo inexorável,
o músculo empenhado
na intenção cristalina
o arabesco perfeito
radiosamente inútil.

Futebol: dor e festa,
a perfeição dormida
sobre um peito de pé

de repente se ergue
e se cumpre e floresce:
é o coração viajando
no percurso que faz
dentro do sol no vento
a esfera delicada,
a indomável, a rosa.

Somos trinta brincando
concentrados de véspera.
Frequentemente chove,
quando é a tarde dos sábados:
mas sempre é sol no campo.
Sentados sobre a Gávea,
os anjos se divertem
com essa arquitetura
de lances impecáveis
no entanto malogrados.

Os trinta somos um
menino atrás da infância
rolando rebrilhada
levando a nossa alma
pela relva da tarde.
Somos humildes: não temos
os nossos nomes na boca
da multidão. Mas a mão
de nossos filhos encontra
mais confiante e mais suave
a nossa mão, mão de trinta,
quando, olimpicamente
fatigados, voltamos
a ser os homens que somos.

Rio, 59.

Memória

Já não me lembro mais.
E todavia foi
o instante mais profundo
de minha adolescência.
Lembro apenas que havia
sereno em seus cabelos,
e uma canção subia
de seus ombros azuis.
Ou talvez fosse o céu,
já não me lembro mais.
Sim, recordo, mas muito,
mas muito longemente,
que era um medo em meu peito,
mas do meio do medo
se erguiam deslumbrados
e palpitantes pássaros.
E sobretudo lembro
que de repente estrelas
e punhais desabavam
iluminando um chão
que já não era mais
o chão da meninice.

Já não me lembro mais.
Nem seu nome eu guardei
De tudo, cinza doce
daquela imensa brasa,
guardo no corpo o abraço
do capinzal molhado.

Os poemas no disco

Em louvor da linda vida
de
Irineu Garcia
(ele já atravessou o rio),
quem, em 1964,
foi ao Chile
só para me gravar
estes poemas em disco
para a sua pioneira
editora Festa.

Cantiga quase de roda

Na roda do mundo
lá vai o menino.
O mundo é tão grande
e os homens tão sós.
De pena, o menino
começa a cantar.
(Cantigas afastam
as coisas escuras.)
Mãos dadas aos homens,
lá vai o menino,
na roda da vida
rodando e cantando.
A seu lado, há muitos
que cantam também:
cantigas de escárnio
e de maldizer.
Mas como ele sabe
que os homens, embora
se façam de fortes,
se façam de grandes,
no fundo carecem
de aurora e de infância
– então ele canta
cantigas de roda
e às vezes inventa
algumas – mas sempre
de amor ou
de amigo.

Cantigas que tornem
a vida mais doce
e mais brando o peso
das sombras que o tempo
derrama, derrama
na fronte dos homens.
Na roda do mundo
lá vai o menino,
rodando e cantando
seu canto de infância.

Pois sabe que os homens
embora se façam
de graves, de fortes,
no fundo carecem
de claras cantigas
— senão ficam ocos,
senão endoidecem.

E então ele segue
cantando de bosques,
de rosas e de anjos,
de anéis e cirandas,
de nuvens e pássaros,
de sanchas senhoras
cobertas de prata,
de barcas celestes
caídas no mar.

Na roda do mundo,
mãos dadas aos homens,
lá vai o menino
rodando e cantando

cantigas que façam
o mundo mais manso,
cantigas que façam
a vida mais doce
cantigas que façam
os homens mais crianças

EPITÁFIO

O canto desse menino
talvez tenha sido em vão.
Mas ele fez o que pôde.
Fez sobretudo o que sempre
lhe mandava o coração.

O açude

Não sei nem jamais
saberei o nome
(se acaso tem nome)
do bicho que dorme
no escuro do açude
sem fundo que sou.
Nascido, senão
comigo, de mim,
é um bicho, ou como
se fosse; e que dorme.
Nem sempre ele dorme.
Talvez o agasalhem,
de sono enrolado,
as mais fundas águas
que em minha alma dormem:
– as águas e o bicho,
num sono só, feito
de grávidos nadas
espessos e imóveis.
Mas nem sempre imóveis.
Um dia estremecem:
sem causa, e de súbito,
um tremor percorre,
longínquo, levíssimo,
o nervo das águas,
– essas águas fundas
que enrolam, dormidas,
o sono do bicho,
que já não é sono:
mal findo o arrepio,
começa a lavrar
o incêndio no açude.

Os fundamentos

A lenda, porque lenda, é verdadeira.

Assim direi que, mesmo transmitida
por minha boca – pântano de enganos –
é de verdade a herança que te deixo.
Por verdadeira, cala sobre o tempo
das coisas que ela conta acontecidas,
das quais nenhum sinal há sobre o mundo.

Só declaram seu tempo coisas findas,
as que perderam fala, mas gaguejam
quando, por loucos, vamos despertá-las
tão tristes nos seus túmulos abertos.
Os olhos imutáveis da verdade
pairando sobre o tempo nos espiam.

Pena, porém, não reste sombra ou rastro
do que, em campo de lenda, floresceu.
Por mais que se andem léguas e se escavem
planícies e penhascos se derrubem,
não se encontra um vestígio, além dos dois
que, irmãos da lenda, intatos permanecem:
o homem e o mundo – sempre recusados
porque são manifestos, são os únicos
sinais que provam todas as verdades.

A lenda, porque lenda, é verdadeira.
Pois o próprio das lendas é a verdade,
como próprio do amor que não se acabe,
que seja fundamento de si mesmo
e fundamente a vida de quem ama.

Notícia da manhã

Eu sei que todos a viram
e jamais a esquecerão.
Mas é possível que alguém,
denso de noite, estivesse
profundamente dormido.
E aos dormidos – e também
aos que estavam muito longe
e não puderam chegar,
aos que estavam perto e perto
permaneceram sem vê-la;
aos moribundos nos catres
e aos cegos de coração –
a todos que não a viram
contarei desta manhã
– manhã é céu derramado
é cristal de claridão –
que reinou, de leste a oeste,
de morro a mar – na cidade.

Pois dentro desta manhã
vou caminhando. E me vou
tão feliz como a criança
que me leva pela mão.
Não tenho nem faço rumo:
vou no rumo da manhã,
levado pelo menino
(ele conhece caminhos
e mundos, melhor do que eu).

Amorosa e transparente,
esta é a sagrada manhã
que o céu inteiro derrama
sobre os campos, sobre as casas,
sobre os homens, sobre o mar.
Sua doce claridade
já se espalhou mansamente
por sobre todas as dores.
Já lavou a cidade. Agora,
vai lavando corações
(não o do menino; o meu,
que é cheio de escuridões).

Por verdadeira, a manhã
vai chamando outras manhãs
sempre radiosas que existem
(e às vezes tarde despontam
ou não despontam jamais)
dentro dos homens, das coisas:
na roupa estendida à corda,
nos navios chegando,
na torre das igrejas,
nos pregões dos peixeiros,
na serra circular dos operários,
nos olhos da moça que passa, tão bonita!
A manhã está no chão, está nas palmeiras,
está no quintal dos subúrbios,
está nas avenidas centrais,
está nos terraços dos arranha-céus.
(Há muita, muita manhã
no menino; e um pouco em mim.)

A beleza mensageira
desta radiosa manhã
não se resguardou no céu
nem ficou apenas no espaço,
feita de sol e de vento,
sobrepairando a cidade.
Não: a manhã se deu ao povo.

A manhã é geral.

As árvores da rua,
a réstia do mar,
as janelas abertas,
o pão esquecido no degrau,
as mulheres voltando da feira,
os vestidos coloridos,
o casal de velhos rindo na calçada,
o homem que passa com cara de sono,
a provisão de hortaliças,
o negro na bicicleta,
o barulho do bonde,
os passarinhos namorando
– ah! pois todas essas coisas
que minha ternura encontra
num pedacinho de rua,
dão eterno testemunho
da amada manhã que avança
e de passagem derrama
aqui uma alegria,
ali entrega uma frase
(como o dia está bonito!)
à mulher que abre a janela,
além deixa uma esperança,

mais além uma coragem,
e além, aqui e ali
pelo campo e pela serra,
aos mendigos e aos sovinas,
aos marinheiros, aos tímidos;
aos desgraçados, aos prósperos,
aos solitários, aos mansos,
às velhas virgens, às puras
e às doidivanas também,
a manhã vai levantando
uma alegria de viver,
vai derramando um perdão,
vai derramando uma vontade de cantar.

E de repente a manhã
— manhã é céu derramado,
é claridão, claridão —
foi transformando a cidade
numa praça imensa praça,
e dentro da praça o povo
o povo inteiro cantando,
dentro do povo o menino
me levando pela mão.

Obras publicadas

Poemas

Silêncio e palavra. Rio de Janeiro: Edições Hipocampo, 1951.

Narciso cego. Rio de Janeiro: José Olympio, 1952.

A lenda da rosa. Rio de Janeiro: José Olympio, 1956.

Vento geral. Reunião dos livros anteriores e mais dois inéditos: *Tenebrosa acqua* e *Ponderações que faz o defunto aos que lhe fazem o velório*. Rio de Janeiro: José Olympio, 1960.

A canção do amor armado. Rio de Janeiro: Civilização Brasileira, 1966.

Poesia comprometida com a minha e a tua vida. Rio de Janeiro: Civilização Brasileira, 1975.

Os estatutos do homem. Com desenhos de Aldemir Martins. São Paulo: Martins Fontes, 1977.

Vento geral. Poesia 1951-1981. Rio de Janeiro: Civilização Brasileira, 1981.

Horóscopo para os que estão vivos. Edição de luxo, ilustrada e editada por Ciro Fernandes. Rio de Janeiro. 1982.

Horóscopo para os que estão vivos. São Paulo: Martins Fontes, 1984.

Mormaço na floresta. Rio de Janeiro: Civilização Brasileira, 1984.

Num campo de margaridas. Rio de Janeiro: Civilização Brasileira, 1986.

Campo de milagres. Rio de Janeiro: Bertrand Brasil, 1999.

De uma vez por todas. 2. ed. Rio de Janeiro: Bertrand Brasil, 1999.

Melhores poemas Thiago de Mello. São Paulo: Global, 2009.
Poemas preferidos pelo autor e seus leitores. Rio de Janeiro: Bertrand Brasil, 2001.
Poetas da América de canto castelhano. São Paulo: Global, 2011.
Como sou. São Paulo: Global, 2012.
Acerto de contas. São Paulo: Global, 2015.

Prosa

Notícia da visitação que fiz no verão de 1953 ao rio Amazonas e seus barrancos. Rio de Janeiro: Ministério da Educação, 1957.

A estrela da manhã. Estudo de um poema de Manuel Bandeira. Rio de Janeiro: Ministério da Educação, 1968.

Arte e ciência de empinar papagaio. Manaus: BEA, 1983.

Manaus, amor e memória. Edição de luxo. Manaus: Suframa, 1984.

Amazonas, pátria da água. Edição de luxo, bilíngue (português e inglês), com fotografias de Luiz Cláudio Marigo. São Paulo: Sverner-Bocatto, 1991.

Amazônia, a menina dos olhos do mundo. Rio de Janeiro: Civilização Brasileira, 1992.

O povo sabe o que diz. 2. ed. Rio de Janeiro: Civilização Brasileira, 1993.

Borges na luz de Borges. São Paulo: Pontes Editores, 1993.

No exterior

Madrugada campesina. Tradução de Armando Uribe. Santiago: Arco CEB. 1962.

Poemas. Tradução de Paulo Neruda. Ilustração de Eduardo Vilches. Edição de luxo, fora de comércio.

Horóscopo. Edição Mario Toral. Santiago, 1964.

Os estatutos do homem. Lisboa: Edições Itau, 1968.

Los estatutos del hombre. Montevidéu: Club de Grabado, 1970.

What counts is life. EUA: Geo Pflaum Publisher, 1970.

Canto de amor armado. Buenos Aires: Ediciones Crisis, 1973.

Poesia comprometida com a minha e a tua vida. Lisboa: Moraes, 1975.

A canção do amor armado. Lisboa: Moraes, 1975.

Die statuten des menschen. Wuperttal: Peter Hammer Verlag, 1976.

Gesang der bewffneten lieben. Wuperttal: Peter Hammer Verlag, 1976.

Poesia de Thiago de Mello. La Habana: Casa de Ias Américas, 1977.

Chant de l'amour armé. Paris: Cerf, 1979.

Os estatutos do homem. Tradução para mais de trinta idiomas. Divulgação do Correio da Unesco, 1982.

Amazonas, land of water. Tradução de Charles Cutler. In: *The Massachusetts Review,* USA, 1986.

Statutes of man: Selected poems. Tradução de Richard Chappel. Londres: Spenser Books, 1994.

"I go on shaped like a word" – *A tribute to Thiago de Mello.* EUA: Center for Amazonian Literature and Culture. Smith College, 1996.

Aun és tiempo. Santiago: Editorial Fondo de Cultura Económica, 1998.

Traduções

Antologia poética de Pablo Neruda. Rio de Janeiro: Letras e Artes, 1963.

A terra devastada e os homens ocos, de T.S. Eliot. Edição bilíngue. Fora de comércio. Santiago, 1964.

Salmos, de Ernesto Cardenal. Rio de Janeiro: Civilização Brasileira, 1983.

Poesia completa de Cesar Vallejo. Rio de Janeiro: Philobiblion, 1985.

Sóngoro Cosongo e outros poemas, de Nicolás Guillén. Rio de Janeiro: Philobiblion, 1986.

Debaixo dos astros, poesia de Eliseo Diego. São Paulo: Hucitec, 1994.

Os versos do capitão, de Pablo Neruda. 2. ed. Rio de Janeiro: Bertrand Brasil, 1994.

Cântico cósmico, de Ernesto Cardenal. São Paulo: Hucitec, 1996.

Cadernos de Temuco, de Pablo Neruda. Rio de Janeiro: Bertrand Brasil, 1998.

Discos

Poesias de Thiago de Mello. Rio de Janeiro: Discos Festa, 1963.

Die statuten des menschen. Cantata para orquestra e coro. Música de Peter Jansens, RFA, 1976.

Thiago de Mello, palabra de esta América. La Habana: Casa de las Américas, 1985.

Mormaço na floresta. Locução do autor. Rio de Janeiro: Som Livre, 1986.

Os estatutos do homem e poemas inéditos. Rio de Janeiro: Edições Paulinas, 1992.

Leia também, de Thiago de Mello

Acerto de contas

Depois de construir pedra por pedra com o esmero do mais cuidadoso artesão o caminho dourado de sua preciosa obra poética, Thiago de Mello anuncia neste *Acerto de contas* que é hora de baixar o pano de seu veleiro de versos e lançar sua âncora no fundo do rio inconsútil do tempo. Ainda que nos assustemos com o fato deste ser o derradeiro livro de poesia de um de nossos maiores escritores, cabe a nós, leitores desta última incursão de Thiago pelo universo do fazer poético, sentir o gosto da alegria em seu canto harmonioso que anuncia ardentemente aos quatro ventos a chegada de uma nova estação.

Aqui, o poeta da floresta povoa seus versos com o aroma de sua maneira doce e corajosa de avistar os recantos mais desconhecidos da condição humana. Poeta de fina sensibilidade e de profundo compromisso com os destinos do mundo, suas criações estão permeadas pela vivacidade de sua trajetória em defesa da humanidade e da natureza. No bico de um sabiá, nas asas do vento que sopra, as palavras semeadas com amor pelo poeta compõem cenários de beleza, sonho e alumbramento.

Correndo fronteiras e desenhando novos mundos, a poesia de Thiago de Mello brota das mais profundas raízes de seu manancial de sabedoria. E assim, firmes no solo fértil de um humanismo ímpar, seus versos são frutos que podem ser eternamente colhidos, experimentados e compartilhados. Os poemas deste *Acerto de contas* são assim: se oferecem sem cerimônia em proveito da alma daqueles que andam acesos e também iluminam os corações de quem caminha em busca de esperança, apontando trilhas que dão vez e voz superiores para a realização plena de novos destinos.

Melhores poemas Thiago de Mello

Um dos nomes mais importantes da chamada Geração de 45, Thiago de Mello ocupa um lugar à parte naquele grupo de poetas, cultores da "poesia do caos". Em mais de cinquenta anos de atividade, o poeta amazonense construiu uma obra sem similar na literatura moderna brasileira, regionalista e universal, libertária, criando o que Marcos Frederico, selecionador e prefaciador dos *Melhores poemas Thiago de Mello*, classifica de "utopia particular".

A utopia de Thiago começou a ser formulada a partir de 1951, com sua estreia em livro, com *Silêncio e palavra*, no qual predominam as preocupações existenciais e a inquietação com a passagem do tempo. O livro entusiasmou Álvaro Lins, que pediu aos principais poetas da época "um lugar, ao vosso lado", para o estreante.

A lenda da rosa (1956) assinalaria a superação da primeira fase de Thiago e a transição para uma poesia de preocupação social, aspirando ao amor e à igualdade entre os homens: pura utopia. A adesão definitiva à poesia participante se daria com *Faz escuro mas eu canto* (1965), no qual o poeta atenua a linguagem subjetiva para falar de realidades objetivas, de ordem social. "Não se trata, nessa situação específica, de fazer prosa em versos, mas de manter-se no fio da navalha da linguagem literária: fazer poesia política, sem deixar de fazer, antes de tudo, Poesia" (Marcos Frederico). No volume, figurava o poema mais famoso de Thiago, "Os estatutos do homem", mais tarde publicado em sucessivas edições independentes, no qual proclamava a sua utopia: "o lobo e o cordeiro pastarão juntos/ e a comida de ambos terá o mesmo gosto de aurora". A utopia se manteve ao longo de sua carreira, mesmo nos livros de feição regionalista, mas identificados com o sonho de fraternidade e liberdade. Essa utopia é imortal.

Como sou

Reúne poemas de Thiago de Mello, o poeta da Floresta Amazônica, especialmente selecionados para o público jovem. Os poemas aqui presentes foram escritos ao longo da vida do autor. O livro conta ainda com as impactantes ilustrações de Luciano Tasso, que simbolizam com propriedade o universo cheio de ternura e de perseverança dos versos do poeta.

A luta política, o lirismo, as relações de família, os amores são facetas da obra de Thiago de Mello representadas nesta seleção. "Na antologia *Como sou* eu realmente me vejo", diz o autor, e o leitor tem a oportunidade de descobrir ou redescobrir o poeta sofisticado no construir e simples no dizer.

Neste livro, os jovens leitores poderão ver com limpidez como Thiago de Mello é um poeta iluminado, uma figura ímpar da literatura brasileira, um homem com um "bravo coração de água e madeira". Esse coração solidário, que enfrentou ditaduras e azares da vida, fala sem máscaras em seus versos, com um emocionante domínio da linguagem. É ler para amar.

Impresso por :

gráfica e editora
Tel.:11 2769-9056